Hada Malvada

¡Le encanta robar dientes!

¡Fantasmillas inofensivos!

Solitario, silencioso y ¡siempre buscando amigos!

Sombras

Matraca

María Félix

¡Escurridiza y cascarrabias!

¡Lo sacude todo!

D1164592

Para mi madre, Beatriz, y mis abuelas,
María Inés y Doña Rocina, que crearon muchas cosas
con sus fuertes manos y que me transmiten fuerza
y sabiduría todo el tiempo desde el entremundo.

Published by Roaring Brook Press
Roaring Brook Press is a division of Holtzbrinck Publishing Holdings Limited Partnership
120 Broadway, New York, NY 10271 • mackids.com

Our books may be purchased in bulk for promotional, educational, or business use.
Please contact your local bookseller or the Macmillan Corporate and Premium Sales
Department at (800) 221-7945 ext. 5442 or by email at
MacmillanSpecialMarkets@macmillan.com.

Library of Congress Cataloging-in-Publication Data is available.

First edition, 2022

Printed in China by RR Donnelley Asia Printing Solutions Ltd.,
Dongguan City, Guangdong Province

ISBN 978-1-250-85105-5
10 9 8 7 6 5 4 3 2 1

This book was art directed and designed by Angie Monroy and edited by Carolina Dammert,
Leslie Rodriguez, and Khairul Rahimi, with production support from Abigail Gross,
Meiyee Tan, and Alexandra Prada. The text was set in Hallelujah Serif, and the art was
created with graphite and colored pencils.

SKELETINA
Y EL ENTREMUNDO

Susie Jaramillo

Roaring Brook Press
Nueva York

SKELETINA vive en el entremundo.

A ella le encanta vivir aquí porque es reina de su castillo, dueña de su propio universo.

El entremundo es el único lugar donde los muertos y los vivos se juntan un ratito.

Pero no le tengas miedo al entremundo. Aunque estas criaturas parezcan raras, vale la pena conocerlas mejor.

¡Algunas son las mejores amigas de Skeletina!

¡Vamos a conocerlas!

Skeletina comienza el día
visitando al Señor Tic Toc.

Él fue la primera persona con la que
convivió en el entremundo, y además
conoce hasta el último rincón de este lugar.

—Aquí todo es muuuy extraño, pero recuerda . . . ¡tú puedes decidir lo que va a pasar! —dice misteriosamente el Señor Tic Toc.

Después de conversar con el Señor Tic Toc,
Skeletina pasa a saludar a la Abuelita Araña,
quien es una artista.

—Usa tus manos
para pensar y crear
y el mundo será
tuyo para moldear
—dice ella.

—¿Es por eso que tienes tantas manos? —pregunta Skeletina.

La viejita se ríe y dice: —Si usas tus manos para hacer cosas, nunca estarás aburrida.

La Abuelita Araña le enseña que ella puede lograr lo que se proponga.

¡Skeletina decide tejer una red para atrapar a las avispas malvadas que pican! Se aparecen amenazantes en los sueños de los niños y los convierten en pesadillas.

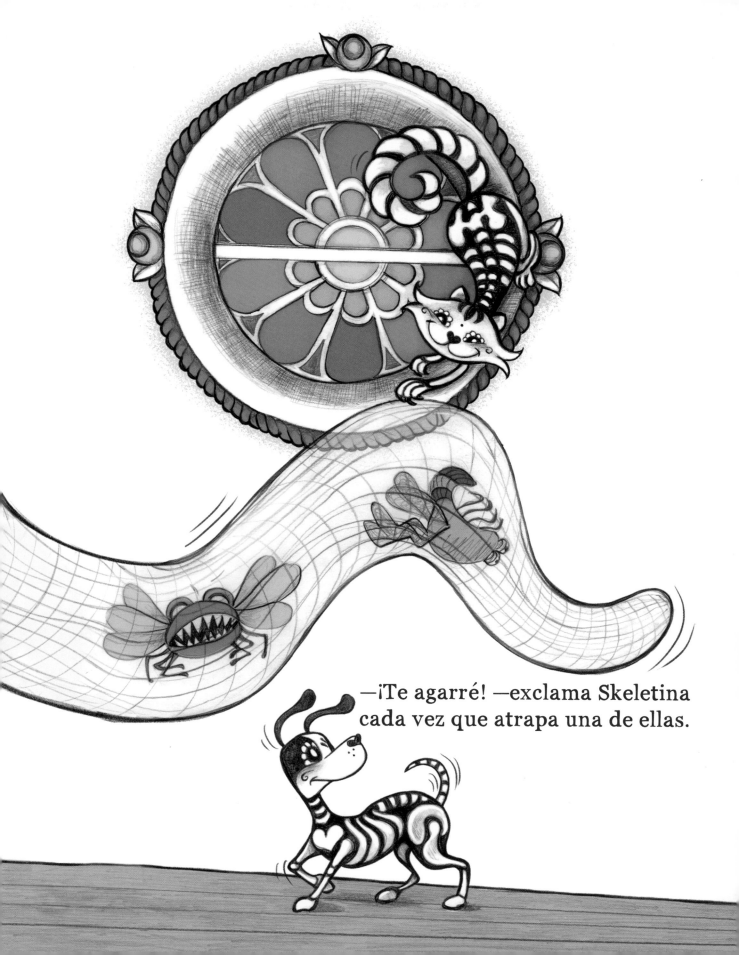

—¡Te agarré! —exclama Skeletina cada vez que atrapa una de ellas.

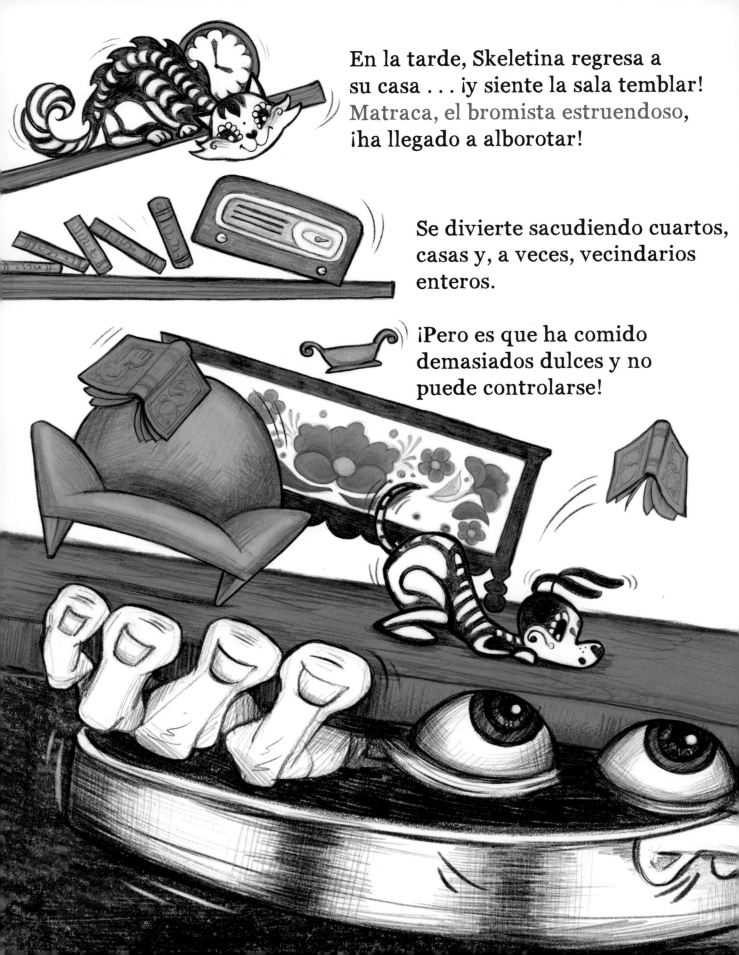

En la tarde, Skeletina regresa a
su casa . . . ¡y siente la sala temblar!
Matraca, el bromista estruendoso,
¡ha llegado a alborotar!

Se divierte sacudiendo cuartos,
casas y, a veces, vecindarios
enteros.

¡Pero es que ha comido
demasiados dulces y no
puede controlarse!

Para calmarlo, todo lo que ella tiene que hacer es respirar *profuuundo*, y luego él también lo hace.

Esto lo tranquiliza.

En la noche, cuando Skeletina siente que alguien se escurre sobre las paredes, sabe que se trata de Sombras, que a veces es tímido o le tiene miedo a la oscuridad.

Skeletina le pone música
para que se tranquilice.

Entonces él sonríe y desaparece
tan rápido como apareció.

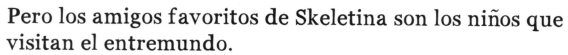

Pero los amigos favoritos de Skeletina son los niños que
visitan el entremundo.

Ella los lleva a conocer a amigos suyos como Charcos,
que ayuda a los niños a enfrentar el miedo al agua.

Cuando un niño se aparece con pesas en las piernas, significa que se fue a dormir pensando en muchas cosas.

Es por eso que no puede moverse en el entremundo . . .

. . . pero Skeletina le enseña
cómo quitarse las pesas y volar.

Cuando alguien llega preocupada
porque extraña a un ser querido,
Skeletina la ayuda a encontrar
el consuelo que la hace
sentirse mejor.

Verás, en el entremundo, el amor nunca muere.

Así que la próxima vez que cierres los ojitos
y te quedes dormido, busca a Skeletina.

¡Ella te enseñará cómo hacer
del entremundo un lugar
perfecto para ti!